불혼

언제나 되살아난다

불은
언제나
되살아난다

신경림 엮음

창비

차례

고은

문의(文義)마을에 가서

겨울 문의(文義)에 가서 보았다.
거기까지 다다른 길이
몇 갈래의 길과 가까스로 만나는 것을.
죽음은 어느 죽음만큼
이 세상의 길이 아득하기를 바란다.
마른 소리로 한번씩 귀를 달고
길들은 저마다 추운 소백산맥 쪽으로 뻗어간다.
그러나 굽이굽이 삶은 길을 에돌아
잠든 마을에 재를 날리고
문득 팔짱 끼고 서서 견디노라면
먼산이 너무 가깝다.
눈이여 죽음을 덮고 또 무엇을 덮겠느냐.

겨울 문의에 가서 보았다.
죽음이 삶을 꽉 껴안은 채
한 죽음을 무덤으로 받는 것을.
끝까지 참은 뒤

죽음은 이 세상의 인기척을 듣고
저만큼 가서 뒤를 돌아다본다.
지난 여름의 부용꽃인 듯
어쩌면 가장 겸허한 정의인 듯
모든 것은 낮아서
이 세상에 눈이 내리고
아무리 돌을 던져도 죽음에 맞지 않는다.
겨울 문의여 눈이 죽음을 덮은 다음 우리 모두 다 덮을
수 있겠느냐.

*文義: 충북 청원군의 한 마을. 지금은 대청댐으로 가라앉았다.

신경림

罷場

못난 놈들은 서로 얼굴만 봐도 흥겹다
이발소 앞에 서서 참외를 깎고
목로에 앉아 막걸리를 들이키면
모두들 한결같이 친구 같은 얼굴들
호남의 가뭄 얘기 조합빚 얘기
약장사 기타 소리에 발장단을 치다보면
왜 이렇게 자꾸만 서울이 그리워지나
어디를 들어가 섰다라도 벌일까
주머니를 털어 색시집에라도 갈까
학교 마당에들 모여 소주에 오징어를 찢다
어느새 긴 여름해도 저물어
고무신 한켤레 또는 조기 한마리 들고
달이 환한 마찻길을 절뚝이는 파장

이성부

봄

기다리지 않아도 오고
기다림마저 잃었을 때에도 너는 온다.
어디 뻘밭 구석이거나
썩은 물웅덩이 같은 데를 기웃거리다가
한눈 좀 팔고, 싸움도 한판 하고,
지쳐 나자빠져 있다가
다급한 사연 들고 달려간 바람이
흔들어 깨우면
눈 부비며 너는 더디게 온다.
더디게 더디게 마침내 올 것이 온다.
너를 보면 눈부셔
일어나 맞이할 수가 없다.
입을 열어 외치지만 소리는 굳어
나는 아무것도 미리 알릴 수가 없다.
가까스로 두 팔을 벌려 껴안아보는
너, 먼데서 이기고 돌아온 사람아.

강은교

풀잎

아주 뒷날 부는 바람을
나는 알고 있어요.
아주 뒷날 눈비가
어느 집 창틀을 넘나드는지도.
늦도록 잠이 안 와
살(肉) 밖으로 나가 앉는 날이면
어쩌면 그렇게도 어김없이
울며 떠나는 당신들이 보여요.
누런 베수건 거머쥐고
닦아도 닦아도 지지 않는 피(血)들 닦으며
아, 하루나 이틀
해 저문 하늘을 우러르다 가네요.
알 수 있어요, 우린
땅속에 다시 눕지 않아도.

황동규

조그만 사랑노래

어제를 동여맨 편지를 받았다.
늘 그대 뒤를 따르던
길 문득 사라지고
길 아닌 것들도 사라지고
여기저기서 어린 날
우리와 놀아주던 돌들이
얼굴을 가리고 박혀 있다.
사랑한다 사랑한다, 추위 환한 저녁 하늘에
찬찬히 깨어진 금들이 보인다.
성긴 눈 날린다.
땅 어디에 내려앉지 못하고
눈뜨고 떨며 한없이 떠다니는
몇송이 눈.

조태일

國土 序詩

발바닥이 다 닳아 새살이 돋도록 우리는
우리의 땅을 밟을 수밖에 없는 일이다.

숨결이 다 타올라 새 숨결이 열리도록 우리는
우리의 하늘 밑을 서성일 수밖에 없는 일이다.

야윈 팔다리일망정 한껏 휘저어
슬픔도 기쁨도 한껏 가슴으로 맞대며 우리는
우리의 가락 속을 거닐 수밖에 없는 일이다.

버려진 땅에 돋아난 풀잎 하나에서부터
조용히 발버둥치는 돌멩이 하나에까지
이름도 없이 빈 벌판 빈 하늘에 뿌려진
저 혼에까지 저 숨결에까지 닿도록

우리는 우리의 삶을 불지필 일이다.
우리는 우리의 숨결을 보탤 일이다.

일렁이는 피와 다 닳아진 살결과
허연 뼈까지를 통째로 보낼 일이다.

황명걸

韓國의 아이

배가 고파 우는 아이야
울다 지쳐 잠든 아이야
장난감이 없어 보채는 아이야
보채다 돌멩이를 가지고 노는 아이야
네 어미는 젖이 모자랐단다
네 아비는 벌이가 시원치 않았단다
네가 철나기 전 두 분은 가시면서
어미는 눈물과 한숨을
아비는 매질과 술주정을
벼 몇섬의 빚과 함께 남겼단다
뼛골이 부서지게 일은 했으나
워낙 못사는 나라의 백성이라서
뼛골이 부서지게 일은 했으나
워낙 못사는 나라의 백성이라서
하지만 그럴수록 아이야
사채기만 가리지 않으면
성별을 알 수 없는 아이야

누더기옷의 아이야
계집아이는 어미를 닮지 말고
사내아이는 아비를 닮지 말고
못사는 나라에 태어난 죄만으로
보다 더 뼛골이 부서지게 일을 해서
멀지 않아 네가 어른이 될 때에는
잘사는 나라를 이룩하도록 하여라
멀지 않아 네가 어른이 될 때에는
잘사는 나라를 이룩하도록 하여라
그리고 명심할 것은 아이야
일가친척 하나 없는 아이야
혈혈단신의 아이야
너무 외롭다고 해서
숙부라는 사람을 믿지 말고
외숙이라는 사람을 믿지 말고
그 누구도 믿지 마라
가지고 노는 돌멩이로

미운 놈의 이마빡을 깔 줄 알고
정교한 조각을 쪼을 줄 알고
하나의 성을 쌓아올리도록 하여라
맑은 눈빛의 아이야
빛나는 눈빛의 아이야
불타는 눈빛의 아이야

최하림

겨울의 사랑

겨울의 뒤를 따라 밤이 오고 눈이 온다고
바람은 우리에게 일러주었다
리어카를 끌고 새벽길을 달리는 行商들에게나
돌가루 냄새가 코를 찌르는 광산촌의 날품팔이 인부들에게
그리고 오래 굶주릴수록 억세어진 골목의 아이들에게
바람은 밤이 오고 눈이 온다고 일러주었다.
바람은 언제나 같은 어조로 일러주었다
처음 우리는 이 말이 무엇을 뜻하는지 알지 못했으나
반복의 강도 속에서 원한일 것이라고 여기게 되었다
원한은 되풀이 되풀이 되풀이하게 하는 것이다
벌거벗은 여인을 또다시 벌거벗게 하고
저녁거리 없는 자를 또다시 저녁거리 없게 하고
맞아죽은 놈의 자식을 또다시 맞아죽게 하는 것이다
그리하여 언제나 피비린내가 그칠 날이 없게 하는 것이다
아아 짓밟힌 풀포기 밑에서도 일어나는 바람의 시인이여

어쩌다 우리는 괴로운 무리로 이 땅에 태어나게 되었나
어쩌다 또다시 칼날 앞에 머리를 내밀고
벌거벗은 여인이 사랑을 말하려고 할 때
잠자리에 들려고 할 때
사랑이 그들의 머리칼을 장대같이 꼿꼿하게 하고
불더미 속에서도 죽지 않는 영생으로 단련하는 것같이
단단하고 매몰차게 세상을 살아야 한단 말인가
아아 바람의 시인이여 이제야 우리는 알겠다
그들의 골수 깊은 원한이 사랑을 가지게 한다는 것을
쇠붙이는 불길 속에서 단련되어진다는 것을
바람은 그것을 밤이 오고 눈이 온다고 말하여주고 있는
것이다
그렇게 겨울의 견고한 사랑을 말하여주고 있는 것이다

민영

별빛

쫓겨가는 자를 생각한다.
타오르는 불 가슴에 안고
캄캄한 들녘에서
외치는 자를.

쓰러지는 자를 생각한다.
무릎과 정수리에 대못을 맞고
시든 뿌리 밑에
거름 되어 묻힐 자를.

안개가 숨통을 쥔
시대의 암흑 속에
사그라져가는 마지막 별빛!

그 명멸하는 須臾의 빛을
전신의 피로써
사랑한다.

정진규

여물어 벙그는 알밤처럼

고향엘 갔었어 알밤들은 여물어 벙글고 있었어 날카로운 가시들의 무수한 近衛兵들을 거느리고 노려보고 있었어 누가 건드리면 터져, 全量으로 그렇게 지키고 있었어 용기를 내어 툭, 건드려보았어 진짜, 진짜, 와르르 쏟아졌어 좋아라, 좋아라, 바구니에 주워담다가 가득가득 주워담다가 아무래도 나는 처참해질 수밖에 없었어 알밤들 하나하나가 나를 가두어버렸어 나는 가짜야, 가짜야 돌아와 乙支路쯤의 저녁 거리를 걸어가면서 가볍게 어깨를 치는 낙엽 한장의 무게에도 깜짝깜짝 놀라고 있었어 다 알아버렸어 들켜버렸어 누가 지금 가장 詩다운 詩를 쓰고 있는지 누가 가짜인지 누가 진짜인지 다 알아버렸어 이 가을에 나는 분명해졌어 抒情詩건 愛國詩건 여물어 벙그는 알밤처럼 할 일이야 그렇게 지키는 일만이 중요해 이 가을에 나는 분명해졌어

김준태

참깨를 털면서

산그늘 내린 밭귀퉁이에서 할머니와 참깨를 턴다.
보아하니 할머니는 슬슬 막대기질을 하지만
어두워지기 전에 집으로 돌아가고 싶은 젊은 나는
한번을 내리치는 데도 힘을 더한다.
世上事에는 흔히 맛보기가 어려운 쾌감이
참깨를 털어대는 일엔 희한하게 있는 것 같다.
한번을 내리쳐도 셀 수 없이
솨아솨아 쏟아지는 무수한 흰 알맹이들
都市에서 십년을 가차이 살아본 나로선
기가 막히게 신나는 일인지라
휘파람을 불어가며 몇 다발이고 연이어 털어댄다.
사람도 아무곳에나 한번만 기분 좋게 내리치면
참깨처럼 솨아솨아 쏟아지는 것들이
얼마든지 있을 거라고 생각하며 정신없이 털다가
〈아가, 모가지까지 털어져선 안되느니라〉
할머니의 가엾어하는 꾸중을 듣기도 했다.

정현종

파랗게, 땅 전체를

1

파랗게, 땅 전체를 들어올리는
봄 풀잎,
하늘 무너지지 않게
떠받치고 있는 기둥
봄 풀잎

2

그림 속의 여자도 개구리도
꿈틀거리는
봄바람 속
내 노래의 물소리는 저
풀잎들 가까이 흘러가야지

정희성

이곳에 살기 위하여

한밤에 일어나
얼음을 끈다
누구는 소용없는 일이라지만
보라, 얼음 밑에서 어떻게
물고기가 숨쉬고 있는가
나는 물고기가 눈을 감을 줄 모르는 것이 무섭다
증오에 대해서
나도 알 만큼은 안다
이곳에 살기 위해
온갖 굴욕과 어둠과 압제 속에서
싸우다 죽은 나의 친구는 왜 눈을 감지 못하는가
누구는 소용없는 일이라지만
봄이 오기 전에 나는
얼음을 꺼야 한다
누구는 소용없는 일이라지만
나는 자유를 위해
증오할 것을 증오한다

홍신선

秋夕날

秋夕엔 다 내려왔다. 어디선가 기별도 없이 못 오는 아우.
오는 길도 기다림도 다 치우고
고만고만 쭈그리고 앉아 큰방에서 茶禮를 기다렸다.
눈이 작아 겁이 없던 아우를
깊은 어둠속에 잘 숨던 그를
이야기하고 불편하나 한결같은 伍와 列에, 한결같은 無言에
키 맞추고 있는 이 고장 논들도 이야기하고.

마루에는 宗家의 늙은 형이 祭床을 보고 있다.
깎아서 門中처럼 괴인 사과, 배, 감, 식혜, 산적……
우리는 開器에 앞서 서로의 형편 갈라서
시저 구르고 엎드렸다.
숙이면 들리지 않는, 왠지 過去뿐인 큰절.
祝을 읽고
초헌과 아헌을 끝냈다.

마당가의 대추나무가
까치집 하나로
가슴이 다 헐려 있다.
잘살겠다던, 外場으로나 떠돌던 젊은날도
허옇게 마른 벼이삭 몇으로 꺾이고
사촌형들은
바짝바짝 집 쪽으로만 등 들이미는 텃논들로
뜻없음을 만들어 살고 있다.

음복술에 취해 우리는 산을
가까운 先山을 돌았다.
성미 빠른 밤나무들이 아랫도리를 벗어던진 채 있었다.
그 나무들 사이 밤가시에 찔린 공기들이
딱딱 입 벌린 채 소리없이 소리 지르고 있다.
(기침해, 발소리 좀 울려, 너무 무기력뿐이야.)

山所 몇군데

南陽洪公之墓로
편안하게 끝이 나 있는 이들.
얼마를 더 걸어가야 끝이 나는가.
떠돌던 가이없음, 떠돌던 비겁함이
끝나서 이렇게 임야 몇 坪으로 돌아오는가.

돌아오며
우리는 떠날 일을 생각했다.
낮 세시 차에 수원의 형이
출가한 누이가 떠났다.
동네 하늘을 제 몫으로 나누어 가지고
떠도는 밀잠자리들.
추석이었다.

김명인

東豆川 I

기차가 멎고 눈이 내렸다 그래 어둠속에서
번쩍이는 신호등
불이 켜지자 기차는 서둘러 다시 떠나고
내 급한 생각으로는 대체로 우리들도 어디론가
가고 있는 중이리라 혹은 떨어져 남게 되더라도
저렇게 내리면서 녹는 춘삼월 눈에 파묻혀 흐려지면서

우리가 내리는 눈일 동안만 온갖 깨끗한 생각 끝에
驛頭의 저 탄더미에 떨어져
몸을 버리게 되더라도
배고픈 고향의 잊힌 이름들로 새삼스럽게
서럽지는 않으리라 그만그만했던 아이들도
미군을 따라 바다를 건너서는
더는 소식조차 모르는 이 바닥에서

더러운 그리움이여 무엇이
우리가 녹은 눈물이 된 뒤에도 등을 밀어

캄캄한 어둠속으로 흘러가게 하느냐
바라보면 저다지 웅크린 집들조차 여기서는
공중에 뜬 신기루 같은 것을
발밑에서는 메마른 풀들이 서걱여 모래 소리를 낸다

그리고 덜미에 부딪쳐와 끼얹는 바람
첩첩 수렁 너머의 세상은 알 수도 없지만
아무것도 더이상 알 필요도 없으리라
안으로 굽혀지는 마음 병든 몸뚱이들도 닳아
맨살로 끌려가는 진창길 이제 벗어날 수 없어도
나는 나 혼자만의 외로운 시간을 지나
떠나야 되돌아올 새벽을 죄다 건너가면서

김광규

어린 게의 죽음

어미를 따라 잡힌
어린 게 한마리

큰 게들이 새끼줄에 묶여
거품을 뿜으며 헛발질할 때
게장수의 구럭을 빠져나와
옆으로 옆으로 아스팔트를 기어간다
개펄에서 숨바꼭질하던 시절
바다의 자유는 어디 있을까
눈을 세워 사방을 두리번거리다
달려오는 군용 트럭에 깔려
길바닥에 터져 죽는다

먼지 속에 썩어가는 어린 게의 시체
아무도 보지 않는 찬란한 빛

마종기

바람의 말

우리가 모두 떠난 뒤
내 영혼이 당신 옆을 스치면
설마라도 봄 나뭇가지 흔드는
바람이라고 생각지는 마.

나 오늘 그대 알았던
땅 그림자 한 모서리에
꽃나무 하나 심어놓으려니
그 나무 자라서 꽃 피우면
우리가 알아서 얻은 모든 괴로움이
꽃잎 되어서 날아가버릴 거야.

꽃잎 되어서 날아가버린다.
참을 수 없게 아득하고 헛된 일이지만
어쩌면 세상 모든 일을
지척의 자로만 재고 살 건가.
가끔 바람부는 쪽으로 귀기울이면

착한 당신, 피곤해져도 잊지 마,
아득하게 멀리서 오는 바람의 말을.

양성우

靑山이 소리쳐 부르거든

청산이 소리쳐 부르거든
나 이미 떠났다고 대답하라.
기나긴 죽음의 시절,
꿈도 없이 누웠다가
이 새벽안개 속에
떠났다고 대답하라.
청산이 소리쳐 부르거든
나 이미 떠났다고 대답하라.
흙먼지 재를 쓰고
머리 풀고 땅을 치며
나 이미 큰 강 건너
떠났다고 대답하라.

이동순

서홍김씨 內簡
— 아들에게

그해 피난가서 내가 너를 낳았고나
먹을 것도 없어 날감자나 깎아먹고
산후구완을 못해 부황이 들었단다
산지기집 봉당에 멍석 깔고
너는 내 옆에 누워 죽어라고 울었다
그해 여름 삼복의 산골
너의 형들은 난리의 뜻도 모르고
밤나무 그늘에 모여 공깃돌을 만지다가
공중을 날아가는 포성에 놀라
움막으로 쫓겨와서 나를 부를 때
우리 출이 어린 너의 두 귀를 부여안고
숨죽이며 울던 일이 생각이 난다
어느 날 네 아비는 빈 마을로 내려가서
인민군이 쏘아죽인 누렁이를 메고 왔다
언제나 사립문에서 꼬릴 내젓던
이제는 피에 젖어 늘어진 누렁이
우리 식구는 눈물로 그것을 끓여먹고

끝까지 살아서 좋은 세상 보고 가자며
말끝을 흐리던 늙은 네 아비
일본 구주로 돈벌러 가서
남의 땅 부두에서 등짐 지고 모은 품삯
돌아와 한밭보에 논마지기 장만하고
하루종일 축대쌓기를 낙으로 삼던 네 아비
아직도 근력좋게 잘 계시느냐
우리가 살던 지동댁 그 빈 집터에
앵두꽃은 피어서 흐드러지고
네가 태어난 산골에 봄이 왔구나
아이구 피난 피난 말도 말아라
대포소리 기관포소리 말도 말아라
우리 모자가 함께 흘린 그해의 땀방울들이
지금 이 나라의 산수유꽃으로 피어나서
그 향내 바람에 실려와 잠든 나를 깨우니
출아 출아 내 늬가 보고접어 못 견디겠다
행여나 자란 너를 만난다 한들

네가 이 어미를 몰라보면 어떻게 할꼬
무덤 속에서 어미 쓰노라

＊ 瑞興金氏: 필자의 先妣 金己鳳. 池洞宅은 그의 宅號. 1951년 沒.

김명수

月蝕

달 그늘에 잠긴
비인 마을의 잠
사나이 하나가 지나갔다
붉게 물들어

발자국 성큼
성큼
남겨놓은 채

개는 다시 짖지 않았다
목이 쉬어 짖어대던
외로운 개

그 뒤로 누님은
말이 없었다

달이

커다랗게
불끈 솟은 달이

슬슬 마을을 가려주던 저녁

이근배

냉이꽃

어머니가 매던 김밭의
어머니가 흘린 땀이 자라서
꽃이 된 것아
너는 思想을 모른다
어머니가 思想家의 아내가 되어서
잠 못 드는 平生인 것을 모른다
초가집이 섰던 자리에는
내 幼年에 날아오던
돌멩이만 남고
荒漠하구나
울음으로도 다 채우지 못하는
내가 자란 마을에 피어난
너 여리운 풀은.

문병란

織女에게

이별이 너무 길다.
슬픔이 너무 길다.
선 채로 기다리기엔 은하수가 너무 길다.
단 하나 오작교마저 끊어져버린
지금은 가슴과 가슴으로 노둣돌을 놓아
면돗날 위라도 딛고 건너가 만나야 할 우리,
선 채로 기다리기엔 세월이 너무 길다.
그대 몇번이고 감고 푼 실올
밤마다 그리움 수놓아 짠 베 다시 풀어야 했는가.
내가 먹인 암소는 몇번이고 새끼를 쳤는데,
그대 짠 베는 몇필이나 쌓였는가?
이별이 너무 길다
슬픔이 너무 길다
사방이 막혀버린 죽음의 땅에 서서
그대 손짓하는 연인아
유방도 빼앗기고 처녀막도 빼앗기고
마지막 머리털까지 빼앗길지라도

우리는 다시 만나야 한다
우리들은 은하수를 건너야 한다.
오작교가 없어도 노둣돌이 없어도
가슴을 딛고 건너가 다시 만나야 할 우리,
칼날 위라도 딛고 건너가 만나야 할 우리,
말라붙은 은하수 눈물로 녹이고
가슴과 가슴을 노둣돌 놓아
슬픔은 슬픔은 끝나야 한다, 연인아.

오규원

마음이 가난한 者

성경에 가라사대 마음이 가난한 者에게 福이 있다 하였으니

2백억을 축재한 사람보다 1백9십9억을 축재한 사람은 그
만큼 마음이 가난하였으므로
　天國은 그의 것이요

1백9십9억원 축재한 사람보다 1백9십8억을 축재한 사람
또한 그만큼 더 마음이 가난하였으므로
　天國은 그의 것이요

그보다 훨씬 적은 20억원이니 30억원이니 하는 규모로
축재한 사람은 다른 사람과는 비교가 안될 만큼 마음이 가
난하였으므로
　天國은 얻어놓은 堂上이라

돈 이야기로 詩라고 써놓고 있는 나는 어느 시대의 누구
보다도 궁상맞은 시인이므로
　天國은 얻어놓은 堂上이라

하종오

벼는 벼끼리 피는 피끼리

우리야 우리끼리 하는 말로
태어나면서도 넓디넓은
평야 이루기 위해 태어났제
아무데서나 푸릇푸릇 하늘로 잎 돋아내고
아무데서나 버려져도 흙에 뿌리박았는기라
먼 곳으로 흐르던 물줄기도 찾아보고
날뛰던 송장메뚜기 잠재우기도 하고
농부들이 흘린 땀을 거름 삼기도 하면서
우리야 살기는 함께 살았제
오뉴월 하루볕이 무섭게 익어서
처음으로 서로 안고 부끄러워 고개 숙였는기라
우리야 우리 마음대로 할 것 같으면
총알받이 땅 지뢰밭에 알알이 씨앗으로 묻혔다가
터지면 흩어져 이쪽 저쪽 움돋아
우리나라 평야 이루며 살고 싶었제
우리야 참말로 참말로 참말로
갈라설 수 없어 이 땅에서 흔들리고 있는기라

최승자

이 時代의 사랑

불러도 삼월에는 주인이 없다
동대문 발치에서 풀잎이 비밀에 젖는다.

늘 그대로의 길목에서 집으로
우리는 익숙하게 빠져들어
세상 밖의 잠 속으로 내려가고
꿈의 깊은 늪 안에서 너희는 부르지만
애인아 사천년 하늘빛이 무거워
〈이 강산 낙화유수 흐르는 물에〉
우리는 발이 묶인 구름이다.

밤마다 복면한 바람이
우리를 불러내는
이 무렵의 뜨거운 암호를
죽음이 죽음을 따르는
이 시대의 무서운 사랑을
우리는 풀지 못한다.

오세영

질그릇

질그릇 하나 부서지고 있다.
질그릇의 밑바닥에 잠긴 바다가
조용히 부서지고 있다.
스스로 부서져 흙이 되는
저 흔들리는 바다.
질그릇에 담긴 生鮮의 뼈,
질그릇에 담긴 暴風,
질그릇에 담긴 空間,
그 空間 하나 스스로 부서지고 있다.

김지하

타는 목마름으로

신새벽 뒷골목에
네 이름을 쓴다 민주주의여
내 머리는 너를 잊은 지 오래
내 발길은 너를 잊은 지 너무도 너무도 오래
오직 한가닥 있어
타는 가슴속 목마름의 기억이
네 이름을 남몰래 쓴다 민주주의여

아직 동트지 않은 뒷골목의 어딘가
발자욱소리 호르락소리 문 두드리는 소리
외마디 길고 긴 누군가의 비명소리
신음소리 통곡소리 탄식소리 그 속에 내 가슴팍 속에
깊이깊이 새겨지는 네 이름 위에
네 이름의 외로운 눈부심 위에
살아오는 삶의 아픔
살아오는 저 푸르른 자유의 추억
되살아오는 끌려가던 벗들의 피묻은 얼굴

떨리는 손 떨리는 가슴
떨리는 치떨리는 노여움으로 나무판자에
백묵으로 서툰 솜씨로
쓴다.

숨죽여 흐느끼며
네 이름을 남 몰래 쓴다.
타는 목마름으로
타는 목마름으로
민주주의여 만세

정호승

맹인 부부 가수

눈 내려 어두워서 길을 잃었네
갈 길은 멀고 길을 잃었네
눈사람도 없는 겨울밤 이 거리를
찾아오는 사람 없어 노래 부르니
눈 맞으며 세상 밖을 돌아가는 사람들뿐
등에 업은 아기의 울음소리를 달래며
갈 길은 먼데 함박눈은 내리는데
사랑할 수 없는 것을 사랑하기 위하여
용서받을 수 없는 것을 용서하기 위하여
눈사람을 기다리며 노랠 부르네
세상 모든 기다림의 노랠 부르네
눈 맞으며 어둠속을 떨며 가는 사람들을
노래가 길이 되어 앞질러 가고
돌아올 길 없는 눈길 앞질러 가고
아름다움이 이 세상을 건질 때까지
절망에서 즐거움이 찾아올 때까지
함박눈은 내리는데 갈 길은 먼데

무관심을 사랑하는 노랠 부르며
눈사람을 기다리는 노랠 부르며
이 겨울 밤거리의 눈사람이 되었네
봄이 와도 녹지 않을 눈사람이 되었네

김정환

철길

철길이 철길인 것은
만날 수 없음이
당장은, 이리도 끈질기다는 뜻이다.
단단한 무쇳덩어리가 이만큼 견뎌오도록
비는 항상 촉촉히 내려
철길의 들끓어오름을 적셔주었다.
무너져내리지 못하고
철길이 철길로 버텨온 것은
그 위를 밟고 지나간 사람들의
희망이, 그만큼 어깨를 짓누르는
답답한 것이었다는 뜻이다.
철길이 나서, 사람들이 어디론가 찾아나서기 시작한 것
은 아니다.
내리깔려진 버팀목으로, 양편으로 갈라져
남해안까지, 휴전선까지 달려가는 철길은
다시 끼리끼리 갈라져
한강교를 건너면서

인천 방면으로, 그리고 수원 방면으로 떠난다.
아직 플랫폼에 머문 내 발길 앞에서
철길은 희망이 항상 그랬던 것처럼
끈질기고, 길고
거무튀튀하다.
철길이 철길인 것은
길고 긴 먼 날 후 어드메쯤에서
다시 만날 수 있으리라는 희망을
우리가 아직 내팽개치지 못했다는 뜻이다.
어느 때 어느 곳에서나
길이 이토록 머나먼 것은
그 이전의, 떠남이
그토록 절실했다는 뜻이다.
만남은 길보다 먼저 준비되고 있었다.
아직 떠나지 못한 내 발목에까지 다가와
어느새 철길은
가슴에 여러 갈래의 채찍 자욱이 된다.

최승호

北魚

밤의 식료품가게
케케묵은 먼지 속에
죽어서 하루 더 손때 묻고
터무니없이 하루 더 기다리는
북어들,
북어들의 일개 분대가
나란히 꼬챙이에 꿰어져 있었다.
나는 죽음이 꿰뚫은 대가리를 말한 셈이다.
한 쾌의 혀가
자갈처럼 죄다 딱딱했다.
나는 말의 변비증을 앓는 사람들과
무덤 속의 벙어리를 말한 셈이다.
말라붙고 짜부라진 눈,
북어들의 빳빳한 지느러미.
막대기 같은 생각
빛나지 않는 막대기 같은 사람들이
가슴에 싱싱한 지느러미를 달고

헤엄쳐갈 데 없는 사람들이
불쌍하다고 생각하는 순간,
느닷없이
북어들이 커다랗게 입을 벌리고
거봐, 너도 북어지 너도 북어지 너도 북어지
귀가 먹먹하도록 부르짖고 있었다.

황지우

새들도 세상을 뜨는구나

映畵가 시작하기 전에 우리는
일제히 일어나 애국가를 경청한다
삼천리 화려 강산의
을숙도에서 일정한 群을 이루며
갈대숲을 이륙하는 흰 새떼들이
자기들끼리 끼룩거리면서
자기들끼리 낄낄대면서
일렬 이열 삼렬 횡대로 자기들의 세상을
이 세상에서 떼어 메고
이 세상 밖 어디론가 날아간다
우리도 우리들끼리
낄낄대면서
깔쭉대면서
우리의 대열을 이루며
한 세상 떼어 메고
이 세상 밖 어디론가 날아갔으면
하는데 대한사람 대한으로

길이 보전하세로

각각 자기 자리에 앉는다

주저앉는다

곽재구

沙平驛에서

막차는 좀처럼 오지 않았다
대합실 밖에는 밤새 송이눈이 쌓이고
흰 보라 수수꽃 눈시린 유리창마다
톱밥난로가 지펴지고 있었다
그믐처럼 몇은 졸고
몇은 감기에 쿨럭이고
그리웠던 순간들을 생각하며 나는
한줌의 톱밥을 불빛 속에 던져주었다
내면 깊숙이 할말들은 가득해도
청색의 손바닥을 불빛 속에 적셔두고
모두들 아무 말도 하지 않았다
산다는 것이 때론 술에 취한 듯
한 두름의 굴비 한 광주리의 사과를
만지작거리며 귀향하는 기분으로
침묵해야 한다는 것을
모두들 알고 있었다
오래 앓은 기침소리와

쓴 약 같은 입술담배 연기 속에서
싸륵싸륵 눈꽃은 쌓이고
그래 지금은 모두들
눈꽃의 화음에 귀를 적신다
자정 넘으면
낯설음도 뼈아픔도 다 설원인데
단풍잎 같은 몇잎의 차창을 달고
밤열차는 또 어디로 흘러가는지
그리웠던 순간들을 호명하며 나는
한줌의 눈물을 불빛 속에 던져주었다.

최두석

대꽃 7
—바위

물찬 은어가 영산강 상류로 거슬러 오르다 지느러미 스
치는 바위. 노령 산줄기 하나 강물에 부딪쳐 일렁이는 금당
마을의 바위. 어느 날을 기다려 바위는 자라기 시작했다.
담장의 호박이 자라듯이 그러한 속도로 몸 저리며. 그러면
서 자기 몸 깊숙이 핏줄을 아로새기고 있었다.

강물은 몸 부른 바위를 감돌아 몇십 삭의 나날을 흐르고
이윽고 바위에 균열이 왔다. 점점점 벌어지는 바위틈으로
비가 내렸다. 쏟아졌다. 천둥 번개 엇갈리던 폭우 몇달, 강
물은 거센 아우성으로 흐르고 마을의 집이 한 채 두 채 무
너졌다. 강물에 돼지가 떴다. 바위 몸조각도 격류에 휩쓸리
기 시작했다. 몸조각 하나 둘 셋 넷 다섯…… 마침내 바위
가 낳고 있던 아이조차도, 겨드랑이에 날개 돋친 아이조차
도 강물에 휩쓸려갔다.

박노해

시다의 꿈

긴 공장의 밤
시린 어깨 위로
피로가 한파처럼 몰려온다

드르륵 득득
미싱을 타고, 꿈결 같은 미싱을 타고
두 알의 타이밍으로 철야를 버티는
시다의 언 손으로
장밋빛 꿈을 잘라
이룰 수 없는 헛된 꿈을 싹뚝 잘라
피 흐르는 가죽본을 미싱대에 올린다
끝도 없이 올린다

아직은 시다
미싱대에 오르고 싶다
미싱을 타고
장군처럼 당당한 얼굴로 미싱을 타고

언 몸뚱아리 감싸줄
따스한 옷을 만들고 싶다
찢겨진 살림을 깁고 싶다

떨려오는 온몸을 소름치며
가위질 망치질로 다짐질하는
아직은 시다,
미싱을 타고 미싱을 타고
갈라진 세상 모오든 것들을
하나로 연결하고 싶은
시다의 꿈으로
찬바람 치는 공단거리를
허청이며 내달리는
왜소한 시다의 몸짓
파리한 이마 위으로
새벽별 빛나다

김용택

섬진강 5
—꿈

이 세상
우리 사는 일이
저물 일 하나 없이
팍팍할 때
저무는 강변으로 가
이 세상을 실어오고 실어가는
저무는 강물을 바라보며
팍팍한 마음 한끝을
저무는 강물에 적셔
풀어 보낼 일이다.
버릴 것 다 버리고
버릴 것 하나 없는
가난한 눈빛 하나로
어둑거리는 강물에
가물가물 살아나
밤 깊어질수록
그리움만 남아 빛나는

별들같이 눈떠 있고,
짜내도 짜내도
기름기 하나 없는
짧은 심지 하나
강 깊은 데 박고
날릴 불티 하나 없이
새벽같이 버티는
마을 등불 몇 등같이
이 세상을 실어오고 실어가는
새벽 강물에
눈곱을 닦으며,
우리 이렇게
그리운 눈동자로 살아
이 땅에 빚진
착한 목숨 하나로
우리 서 있을 일이다.

이시영

밤

밤은 먼 들의 바람을 몰고 와
십오층 빌딩의 옥상에 부려놓는다
거세게 부딪는 바람소리를 들으면
나는 빈 들로 나아가
한마리 성난 사랑이 되고 싶다
그러나 밤은 가슴에 더욱 큰 바람을 안고 와
다시 한번 난간을 들이받고
피 흘리며 들판을 헤매다가
새벽녘 가장 강력한 폭풍이 되어
그 속에서 무너지지 않는
빛나는 눈동자를 태어나게 한다

나태주

하물며

주인 계십니까
거, 안에 사람 없습니까
눈이 와도 쓸지 않는 마당
하물며 사람
발자욱 없는 토방
지는 해 붉은 노을은
여전히 아름다워도
부는 바람 여전히
귓부리를 후려도
거, 주인 계십니까
안에 사람 없습니까.

이성복

남해 금산

한 여자 돌 속에 묻혀 있었네
그 여자 사랑에 나도 돌 속에 들어갔네
어느 여름 비 많이 오고
그 여자 울면서 돌 속에서 떠나갔네
떠나가는 그 여자 해와 달이 끌어주었네
남해 금산 푸른 하늘가에 나 혼자 있네
남해 금산 푸른 바닷물 속에 나 혼자 잠기네

노향림

꿈

바다가 앞에 와 있었다
뻘밭 사이에 처박고 있는
그의 얼굴이 늘 보고 싶었다
신음소리가 귀신이 되어 나오던
집 한채,
철사토막 같은 손으로
바다소나무들은
양가슴을 가리고 있었다

사람냄새가 그리웠다
긴 복도 끝
육조 다다미房에 복막염으로
나는 누워 있었다
사금파리, 야생초, 생고무 냄새
바람 사이의 흐릿한 호얏불,
오래 문 닫힌 대장간에 쌓여 있는
靜寂들이 보고 싶었다

아, 손과 발을 달고 날아다니는
아이들 소리들이 보고 싶었다

나는
심심풀이로 바다의 몸을
만지작거리곤 했다
꿈에서 깨어나면 미끈거리는
소금기만이 마음에 가득히
묻어났다
바다는 늘 앞에 와 있었다

송수권

시골길 또는 술통

자전거 짐받이에서 술통들이 뛰고 있다
풀 비린내가 바퀴살을 돌린다
바퀴살이 술을 튀긴다
자갈들이 한 치씩 뛰어 술통을 넘는다
술통을 넘어 풀밭에 떨어진다
시골길이 술을 마신다
비틀거린다
저 주막집까지 뛰는 술통들의 즐거움
주모가 나와 섰다
술통들이 뛰어내린다
길이 치마 속으로 들어가 죽는다

김사인

밤에 쓰는 편지 3

한강아
강가에 나아가 가만히 불러보았습니다

그러나 이처럼 작은 목소리에는
대답하지 않습니다 돌아보지도 않습니다
떨리는 목소리나 값싼 눈물 몇 낱으로
저 큰 슬픔을 부를 수는 없을 것입니다

참으로 큰 분노와 슬픔으로 흐르는 것인 줄을
진즉 알고는 있었습니다
한강아
부르면서 나는 저 소리없는 흐름에게 무엇을 또 기대했
던 것인지요
큰 손바닥과 다정한 목소리를 기다렸던 것인지요

나도 한줄기 강이어야 합니다
나도 큰 슬픔으로 그 곁에 서서
머리 풀고 나란히 흘러야 합니다

윤재철

담쟁이

앞으로 갈 수 없는 길은
기어오르는 것인가
벽이면 담이면 달라붙어
드디어는 넘어서는 것인가

교육원 붉은 벽돌담에 달라붙어
뻗쳐올라간 너를 보면
우리들의 사랑은 노래가 아니라
달라붙는 것임을
달라붙어 소리없이 넘어서는 것임을 알았다

그리하여 벽은 더 큰 사랑이 되고
더 큰 절망이 되고
절망은 뿌리박고 살며
뿌리박고 넘어서는 일임을 알았다

부정이 긍정이 되고

다시 긍정이 부정이 되는
소리없는 싸움과 삶의 논리를
너는 뿌리 같은 네 몸으로 엮어
보이지 않는 작은 균열로부터
보이지 않는 작은 뿌리를 심으며
오늘 너는 소문없이 기어오르고 있다.

김용락

푸른 별

안마당
무더운 한여름 밤이 빛을 틔워가면
타작 막 끝낸 보리 북더기 위에서
개머루 바랭이 쇠비름 똥덤불가시풀 들이
서로의 몸을 비비며
마지막 남은 목숨 모깃불 만들기에 한창입니다
피어오르는 연기 너머로
초저녁 샛별이 뜨고
연기 맵고 모기 극성스러울수록
울양대 넌출 세상 수심
보릿대궁 한숨소리 깊어갈수록
별은 더욱 깊어 푸르러갑니다
올 여린 멍석 위
할머니 무릎 베고 누워 옛이야기에 취하다 보면
어느덧
아버지의 야윈 어깨 위로 걸리는 초생달이
밤이슬에 반짝이고

달맞이꽃 개울물에 목욕 갔던
누나들의 발짝 소리가
쿵쿵 좁은 골목길을 흔듭니다
나는 할머니 이야기의 숨결을 마저 이으려
안간힘을 쓰다가 못내 잠이 들면
"밤이슬은 몸에 해롭다
방에 들어가서 자그래이"
나는 누군가의 포근한 품에 안겨 어디론가 가고
내 누웠던 그 자리엔
덩그러니 별 하나 떨어져 누워 있지요
나는 푸른 별이지요
풀물 배어나오듯
미칠 그리움과 설움으로 익어온
나의 시도 푸른 별이지요

김남주

학살 1

오월 어느 날이었다
1980년 오월 어느 날이었다
광주 1980년 오월 어느 날 밤이었다

밤 12시 나는 보았다
경찰이 전투경찰로 교체되는 것을
밤 12시 나는 보았다
전투경찰이 군인으로 교체되는 것을
밤 12시 나는 보았다
미국 민간인들이 도시를 빠져나가는 것을
밤 12시 나는 보았다
도시로 들어오는 모든 차량들이 차단되는 것을

아 얼마나 음산한 밤 12시였던가
아 얼마나 계획적인 밤 12시였던가

오월 어느 날이었다

1980년 오월 어느 날이었다
광주 1980년 오월 어느 날 밤이었다

밤 12시 나는 보았다
총검으로 무장한 일단의 군인들을
밤 12시 나는 보았다
야만족의 침략과도 같은 일단의 군인들을
밤 12시 나는 보았다
야만족의 약탈과도 같은 일단의 군인들을
밤 12시 나는 보았다
악마의 화신과도 같은 일단의 군인들을

아 얼마나 무서운 밤 12시였던가
아 얼마나 노골적인 밤 12시였던가

오월 어느 날이었다
1980년 오월 어느 날이었다

광주 1980년 오월 어느 날 밤이었다

밤 12시
도시는 벌집처럼 쑤셔놓은 붉은 심장이었다
밤 12시
거리는 용암처럼 흐르는 피의 강이었다
밤 12시
바람은 살해된 처녀의 피묻은 머리카락을 날리고
밤 12시
밤은 총알처럼 튀어나온 아이의 눈동자를 파먹고
밤 12시
학살자들은 끊임없이 어디론가 시체의 산을 옮기고 있었
다

아 얼마나 끔찍한 밤 12시였던가
아 얼마나 조직적인 학살의 밤 12시였던가

오월 어느 날이었다
1980년 오월 어느 날이었다
광주 1980년 오월 어느 날 밤이었다

밤 12시
하늘은 핏빛의 붉은 천이었다
밤 12시
거리는 한 집 건너 떨지 않는 집이 없었다
밤 12시
무등산은 그 옷자락을 말아올려 얼굴을 가려버렸고
밤 12시
영산강은 그 호흡을 멈추고 숨을 거둬버렸다

아 게르니카의 학살도 이렇게는 처참하지 않았으리
아 악마의 음모도 이렇게는 치밀하지 못했으리.

박남철

겨울강

겨울강에 나가
허옇게 얼어붙은 강물 위에
돌 하나를 던져본다
쩡 쩡 쩡 쩡 쩡

강물은
쩡, 쩡, 쩡,
돌을 튕기며, 쩡,
지가 무슨 바닥이나 된다는 듯이
쩡, 쩡, 쩡, 쩡, 쩡,

강물은, 쩡,

언젠가는 녹아 흐를 것들이, 쩡
봄이 오면 녹아 흐를 것들이, 쩡, 쩡
아예 되기도 전에 다 녹아 흘러버릴 것들이
쩡, 쩡, 쩡, 쩡, 쩡,

겨울 강가에 나가
허옇게 얼어붙은 강물 위에
얼어붙은 눈물을 핥으며
수도 없이 돌들을 던져본다
이 추운 계절 다 지나서야 비로소 제
바닥에 닿을 돌들을.
쩡 쩡 쩡 쩡 쩡 쩡 쩡

백무산

노동의 밥

피가 도는 밥을 먹으리라
펄펄 살아 튀는 밥을 먹으리라
먹은 대로 깨끗이 목숨 위해 쓰이고
먹은 대로 깨끗이 힘이 되는 밥
쓰일 대로 쓰인 힘은 다시 밥이 되리라
살아 있는 노동의 밥이

목숨보다 앞선 밥은 먹지 않으리
펄펄 살아오지 않는 밥도 먹지 않으리
생명이 없는 밥은 개나 주어라
밥을 분명히 보지 못하면
목숨도 분명히 보지 못한다

살아 있는 밥을 먹으리라
목숨이 분명하면 밥도 분명하리라
밥이 분명하면 목숨도 분명하리라
피가 도는 밥을 먹으리라
살아 있는 노동의 밥을

이성선

나무

나무는 몰랐다.
자신이 나무인 줄을
더욱 자기가
하늘의 우주의
아름다운 악기라는 것을
그러나 늦은 가을날
잎이 다 떨어지고
알몸으로 남은 어느날
그는 보았다.
고인 빗물에 비치는
제 모습을.
떨고 있는 사람 하나
가지가 모두 현이 되어
온종일 그렇게 조용히
하늘 아래
울고 있는 자신을.

기형도

빈집

사랑을 잃고 나는 쓰네

잘 있거라, 짧았던 밤들아
창밖을 떠돌던 겨울 안개들아
아무것도 모르던 촛불들아, 잘 있거라
공포를 기다리던 흰 종이들아
망설임을 대신하던 눈물들아
잘 있거라, 더이상 내 것이 아닌 열망들아

장님처럼 나 이제 더듬거리며 문을 잠그네
가엾은 내 사랑 빈집에 갇혔네

서홍관

등화관제

모른다고 하라.
네가 눈뜨고 본 일을
끝내 모른다고 하라.
등화관제의 어둠속이어서
한 길 앞도 분간 못한 채
먼지만 꿈속같이 일어
불 끄라는 고함소리에
이불 속에 엎드려 고개만 처박다가
입과 코가 막히고
눈과 귀가 가리워져서
누이가 도적에게 끌려간 것도 모르고
애비가 매맞고 피흘리는 것도 모르고
가까운 곳에서 들리는
신음소리 비명소리와
멀리서 다그치는
붉은 빛 구조신호를
어둠을 찢는 듯한 호루라기 소리에 기가 질려

아아 우리는 끝내
보지도 듣지도 못했다 하라.

박라연

서울에 사는 평강공주

동짓달에도 치자꽃이 피는 신방에서 신혼일기를 쓴다 없
는 것이 많아 더욱 따뜻한 아랫목은 평강공주의 꽃밭 색색
의 꽃씨를 모으던 흰 봉투 한 무더기 산동네의 맵찬 바람에
떨며 흩날리지만 봉할 수 없는 내용들이 밤이면 비에 젖어
울지만 이제 나는 산동네의 인정에 곱게 물든 한 그루 대추
나무 밤마다 서로의 허물을 해진 사랑을 꿰맨다
   ……가끔…… 전기가…… 나가도…… 좋았다…… 우리
는……

새벽녘 우리 낮은 창문가엔 달빛이 언 채로 걸려 있거나
별 두서넛이 다투어 빛나고 있었다 전등의 촉수를 더 낮추
어도 좋았을 우리의 사랑방에서 꽃씨 봉지랑 청색 도포랑
한땀 한땀 땀흘려 깁고 있지만 우리 사랑 살아서 앞마당 대
추나무에 뜨겁게 열리지만 장안의 앉은뱅이저울은 꿈쩍도
않는다 오직 혼수며 가문이며 비단 금침만 뒤우뚱거릴 뿐
공주의 애틋한 사랑은 서울의 산 일번지에 떠도는 옛날 이
야기 그대 사랑할 온달이 없으므로 더더욱

87

조정권

山頂墓地 5

갈가마귀 울음 자옥이 잦아가는
언 하늘에
온통 시퍼런 靑竹을 치겠다.
삭풍이여, 삭풍이여,
우리를 다시 한몸으로 묶으라.
또 한차례 땅속 깊은 뿌리들을 출렁이게 하고
우리들을 다시 한뿌리로 묶으라.
그리고 지상에 홀로 남아
칼을 입에 물고 노래하는 歌人을
오래 머물게 하라.
切腹의 시대가 온다.
삽과 망치와 깃대를
땅속 깊이 매장하고, 삭풍 앞에 나서
입에 문 칼끝을 삼키면서
스스로를 증명하는
切腹의 시대가 온다.
한 뿌리에서 올라온 수천의 잎

다 찢겨가고
헐벗은 나뭇가지에 언 하늘 빛 뿜을 때
언 하늘에다
竹을 치며, 竹을 치며
자신의 발등에다
스스로 얼음을 터뜨리며
스스로 맨발로 얼음 위를 딛는……
스스로 증명하는 이여.
증명하는 이여.
切腹의 시대가 오고 있다.

고정희

아우슈비츠 1
— 주여, 불쌍히 여기소서

비탈에서 소나무가 노랗게 죽은 날
푸르기를 그친 하늘이
사나운 바람을 들녘에 쏟았다
우르르 우르르 들녘이 울고
꽝꽝 파도가 어둠을 섞었다
파도에 고기떼 나자빠진 대낮
냉동기 속에서 아이가 죽었다
연인들 다정스런 능금밭 혹은
푸른 배추 포기에도 우리들
저녁 식탁으로 실려오는 암호가 포장되고
그대 젓가락에 암호가 집히는 아침마다
누군가? 순수의 목에 釘을 박는 손,
밤마다 으악으악 소리나는 시체실
돌아오지 않는 강에 떠가는 햇빛

장석남

그리운 시냇가

내가 반 웃고
당신이 반 웃고
아기 낳으면
돌멩이 같은 아기 낳으면
그 돌멩이 꽃처럼 피어
깊고 아득히 골짜기로 올라가리라
아무도 그곳까지 이르진 못하리라
가끔 시냇물에 붉은 꽃이 섞여내려
마을을 환히 적시리라
사람들, 한잠도 자지 못하리

유하

바람부는 날이면 압구정동에 가야 한다 1
—어떤 배나무숲에 관한 기억

압구정동에 겨울-나무로부터 봄-나무에로라는 까페가
생겼다

온통 나무 나무로 인테리어한 나무랄 데 없는……

그 옆은 뭐, 매춘의 나영희가 경영한대나 시와 포르노의
만남 또는

충돌…… 몰래 학생주임과의 충돌을 피하며 펜트하우스
를 팔고 다니던,

양아치란 별명을 가진 놈이 있었다 빨간 책과 등록금 영
수증을

교환하던 녀석, 배나무숲 너머 산등성이 그애의 집을 바
라볼 때마다

피식, 벌거벗은 금발 미녀의 꿀배 같은 유방 그 움푹 파
인 배꼽 배……

배나무가 바람에 흔들리는 밤이면 옹골지게 익은 배가

후두둑 후두둑 녀석은 도둑고양이처럼 잽싸게 주워담았
다

배로 허기진 배를 채운 새벽, 녀석과 난 텅 빈 신사동 사

거리에서

　유령처럼 축구를……해골바가지…… 난 자식아, 여기 최
후의 원주민이야

　그럼 난…… 정복자? 안개 속 한남동으로 배추 리어카를
끌고 가던

　외팔의 그애 아버지…… 중학교 등록금…… 와르르 무
너진 녀석의

　펜트하우스, 바람부는 날이면 녀석 생각이 배맛처럼 떠
올라 압구정동

　그 넓은 배나무숲에 가야 했다 그의 십팔번 김인순의 여
고졸업반

　휘파람이 흐드러진 곳에 재건대원 복장을 한 배시시 녀
석의 모습

　그후로부터 후다닥 梨田碧海된 지금까지 그를 볼 수 없었
다 어디서

　배꽃 가득한 또다른 압구정동을 재건하고 있는지…… 바
람부는 날이면

배맛처럼 떠오르는 그애 생각에 배나무숲 있던 자리 서
성이면……

그 많던 배들은 누가 다 먹었을까 그 수많은 배들이…… 지금

이곳에 눌러앉은 사람들의 배로 한꺼번에 쏟아져들어가 배나무보다

단단한 배포가 되었을까…… 배의 색깔처럼…… 달콤한 불빛, 불빛

이 더부룩한…… 싸늘한 배앓이…… 바람부는 날이면……

김기택

태아의 잠 1

그녀의 배 위에 귀를 대고 누우면 맑은 물 흐르는 소리가
난다 작은 숨소리 사이로 흐르는 고요한 움직임이 들린다
따뜻한 실핏줄마다 그것들은 찰랑거린다 때로 갈비뼈 안에
서 멈추고 오랫동안 둔중한 울림이 되어 맴돌다가 다시 실
핏줄 속으로 떨며 스며든다 이 소리들이 흘러가는 곳 어딘
가에 새근새근 숨쉬며 자라는 한 아이가 숨어 있을 것 같다
생각없는 꿈이 되려고 놀란 눈이 되고 간지러운 손가락 발
가락 꿈틀거림이 되려고 소리들은 여기 한 곳으로 모이나
보다 이 모든 소리들이 녹아 코가 되고 얼굴이 되려면 심장
이 되고 가슴이 되려면 잠은 얼마나 깊어야 하는 것일까 잠
의 힘찬 부력에 못 이겨 아기는 더이상 숨지 못하고 탯줄이
끊어지도록 떠올라 물결 따라 마냥 흔들리고 있다 고기를
잡을 줄 모르는 잎사귀 같은 손으로 부신 눈을 비비고 있다

임영조

갈대는 배후가 없다

청량한 가을볕에
피를 말린다
소슬한 바람으로
살을 말린다

비천한 습지에 뿌리를 박고
푸른 날을 세우고 가슴 설레던
고뇌와 욕정과 분노에 떨던
젊은 날의 속된 꿈을 말린다
비로소 철이 들어 禪門에 들듯
젖은 몸을 말리고 속을 비운다

말리면 말린 만큼 편하고
비우면 비운 만큼 선명해지는
홀가분한 존재의 가벼움
성성한 백발이 더욱 빛나는
저 꼿꼿한 老後여!

갈대는 갈대가 배경일 뿐
배후가 없다, 다만
끼리끼리 시린 몸을 기댄 채
집단으로 항거하다 따로따로 흩어질
反骨의 同志가 있을 뿐
갈대는 갈 데도 없다

그리하여 이 가을
볕으로 바람으로
피를 말린다
몸을 말린다
홀가분한 존재의 탈속을 위해.

허수경

울고 있는 가수

가수는 노래하고 세월은 흐른다
사랑아, 가끔 날 위해 울 수 있었니
그러나 울 수 있었던 날들의 따뜻함
나도 한때 하릴없이 죽지는 않겠다,
아무도 살지 않는 집 돌담에 기대
햇살처럼 번진 적도 있었다네
맹세는 따뜻함처럼 우리를 배반했으나
우는 철새의 애처러움
우우 애처러움을 타는 마음들
우우 마음들이 가여워라
마음을 빠져나온 마음이 마음에게로 가기 위해
설명할 수 없는 세상의 일들은 나를 울게 한다
울 수 있음의 따뜻했음
사랑아, 너도 젖었니
감추어두었던 단 하나, 그리움의 입구도 젖었니
잃어버린 사랑조차 나를 떠난다
무정하니 세월아,
저 사랑의 찬가

심호택

하늘밥도둑

망나니가 아닐 수야 없지
날개까지 돋친 놈이
멀쩡한 놈이
공연히 남의 집 곡식줄기나 분지르고 다니니
이름도 어디서 순 건달 이름이다만
괜찮다 요샛날은
밥도둑쯤 별것도 아니란다
우리들 한 뜨락의 작은 벗이었으니
땅강아지, 만나면 예처럼 불러주련만
너는 도대체 어디 있는 거냐?
살아보자고, 우리들 타고난 대로
살아갈 희망은 있다고
그 막막한 아침 모래밭 네가 헤쳐갔듯이
나 또한 긴 한세월을 건너왔다만
너는 왜 아무데도 보이지 않는 거냐?
하늘밥도둑아 얼굴 좀 보자
세상에 벼라별 도적놈 각종으로 생겨나서

너는 이제 이름도 꺼내지 못하리
나와보면 안단다
부끄러워 말고 나오너라

고형렬

사랑

일출하는 지구, 자전하는 낙산.
함께 피 터지게 살아온 지난날들이
과거 속으로 사라진 아침
금빛 햇길이 물굽이에 끊기는,

이 절벽 끝을 찾아와서 본 것은
바다가 내게 가르친 것은,
세찬 파랑을 찍는 갈매기 한마리.

알 밴 양미리를 입에 물고
고개를 숙이고 떠오르는 두 날개.
바닷물에 터진 알을 흘린다.
타악, 탁. 아프게도 공기를 때린다.

도종환

우기

새 한마리 젖으며 먼 길을 간다
하늘에서 땅끝까지 적시며 비는 내리고
소리내어 울진 않았으나
우리도 많은 날 피할 길 없는 빗줄기에 젖으며
남 모르는 험한 길을 많이도 지나왔다
하늘은 언제든 비가 되어 적실 듯 무거웠고
세상은 우리를 버려둔 채 낮밤없이 흘러갔다
살다보면 배지구름 걷히고 하늘 개는 날 있으리라
그런 날 늘 크게 믿으며 여기까지 왔다
새 한마리 비를 뚫고 말없이 하늘 간다.

강형철

사랑을 위한 각서 8
—파김치

호남선 터미널에 나가면
아직도 파김치 올라온다
고속버스 트렁크를 열 때마다
비닐봉지에 싼 파김치 냄새

텃밭에서 자라 우북하였지만
소금 몇줌에 기죽은 파들이
고춧가루를 벌겋게 뒤집어쓰고
가끔 국물을 흘린다

호남선 터미널에 나가면
대처에 사는 자식들을 못 잊어
젓국에 절여진 뻣뻣한 파들이
파김치 되어 오늘도 올라온다
우리들 어머니 함께.

김윤배

강물은, 변절도 아름답다

붉게 물드는 교각 사이로 해가 진다 강물은
네가 맴돌던 자리를 떠나 천천히 흐른다
잔업 있는 날은 네 노래 들으며 처녀애들
철없이 물드는 연분홍 손톱 물어뜯었다
더는 꿈꿀 수 없게 된 내일을 물어뜯어
네 노래 자주 마디 잘리고
애써 웃음 주었을 네가 저 물길 어딘가를
흐르며 강물 온통 슬픔으로 일렁이게 한다
강물은, 변절도 아름답다
강물 몸빛 바꾸어 흐른다 강안 풍경들이
천천히 굳어지고 강물 어둠의 등을 꿈틀대며
흐른다 흐르며 여린 꽃잎 강안으로 밀어낸다

안도현

너에게 묻는다

연탄재 함부로 발로 차지 마라
너는
누구에게 한번이라도 뜨거운 사람이었느냐

나희덕

찬비 내리고
— 편지 1

우리가 후끈 피워냈던 꽃송이들이
어젯밤 찬비에 아프다 아프다 아프다 합니다
그러나 당신이 힘드실까봐
저는 아프지도 못합니다
밤새 난간을 타고 흘러내리던
빗방울들이 또한 그러하여
마지막 한방울이 차마 떨어지지 못하고
공중에 매달려 있습니다
떨어지기 위해 시들기 위해
아슬하게 저를 매달고 있는 것들은
그 무게의 눈물겨움으로 하여
저리도 눈부신가요
몹시 앓을 듯한 이 예감은
시들기 직전의 꽃들이 내지르는
향기 같은 것인가요
그러나 당신이 힘드실까봐
저는 마음껏 향기로울 수도 없습니다

이진명

넓은 나뭇잎

넓은 것이 내 앞에 떨어지네
넓은 것이 걷는 내 두 발을 덮네
넓은 것은 하늘 바다 들판
또 강변 모래밭 무령왕릉 금잔디
연못 속 잊혀진 內殿의 그림자
그 흔들리는 침묵 그리고
홀로 서쪽으로 가는 마음, 빈터
넓은 것이 내 앞을 쓸고 있네
넓은 것이 슬픔도 없이 자꾸 퍼지네
넓은 것이 내려앉는 내 마음
나뭇잎 발자국 반나마 찼네
넓은 나뭇잎 위에 넓은 나뭇잎으로
천수백년 전부터 넓은 것이
발자국이 그런 것이

박형준

어머니

낮에 나온 반달, 나를 업고
피투성이 자갈길을 건너온
뭉툭하고 둥근 발톱이
혼자 사는 변두리 아파트 창가에 걸려 있다
하얗게 시간이 째깍째깍 흘러나가버린,

낮에 잘못 나온 반달이여

최영미

선운사에서

꽃이
피는 건 힘들어도
지는 건 잠깐이더군
골고루 쳐다볼 틈 없이
님 한번 생각할 틈 없이
아주 잠깐이더군

그대가 처음
내 속에 피어날 때처럼
잊는 것 또한 그렇게
순간이면 좋겠네

멀리서 웃는 그대여
산 넘어 가는 그대여

꽃이
지는 건 쉬워도

잊는 건 한참이더군
영영 한참이더군

이가림

석류

언제부터
이 잉걸불 같은 그리움이
텅 빈 가슴속에 이글거리기 시작했을까

지난 여름 내내 앓던 몸살
더이상 견딜 수 없구나
영혼의 가마솥에 들끓던 사랑의 힘
캄캄한 골방 안에
가둘 수 없구나

나 혼자 부둥켜안고
뒹굴고 또 뒹굴어도
자꾸만 익어가는 어둠을
이젠 알알이 쏟아놓아야 하리

무한히 새파란 심연의 하늘이 두려워
나는 땅을 향해 고개 숙인다

온몸을 휩싸고 도는
어지러운 충만 이기지 못해
나 스스로 껍질을 부순다

아아, 사랑하는 이여
지구가 쪼개지는 소리보다
더 아프게
내가 깨뜨리는 이 홍보석의 슬픔을
그대의 뜰에
받아주소서

이영진

5월은 내게

5월은 내게 유행가를 부르게 한다.
부끄러움만 남긴 그 계절은,
아카시아 향기보다 더 진하게 나를 엄습한다.
잠들 때나 노래할 때나 월급봉투를 받을 때나
다리를 건널 때나, 아이들 햄버거를 사줄 때, 남 몰래 양
담배를
피울 때, 핵사찰 그 오묘한 방정식에 관한
신문기사를 읽을 때
의식과 무의식, 의지와 무의지, 그 어느 쪽이든
그것은 언제나 기습이거나, 테러다.
성욕까지 가시게 하는,
봉급 받는 손끝까지 절망스럽게 하는
아, 사라지지 않는 환영.
피나 시간으로도 지워지지 않는
가지 끝에서 가지 끝으로 따뜻하게 불어가는 바람으로도
아, 사라지지 않는다.
아무런 각성도 없는, 사실 부끄러움조차

잊고 사는 내게 5월은 사라지지 않는다.
사라지지 않아.
하늘을 폭음으로 가르는 폭격기.
한순간 사라지는 물체에서조차
생일날 사드는 반돈짜리 금가락지의 무게에서
조차, 5월 그 아카시아 향내는
사라지지 않는다.
유행가조차 어색하게 만드는 5월
너 끝나지 않는 시간이여
시간 밖의 시간이여
내 이 끝간데 없는 매춘을 큰 눈으로
큰 눈으로 응시하는 눈빛이여.

고재종

날랜 사랑

얼음 풀린 냇가
세찬 여울물 차고 오르는
은피라미떼 보아라
산란기 맞아
얼마나 좋으면
혼인색으로 몸단장까지 하고서
좀더 맑고 푸른 상류로
발딱발딱 배 뒤집어 차고 오르는
저 날씬한 은백의 유탄에
봄햇발 튀는구나

오호, 흐린 세월의 늪 헤쳐
깨끗한 사랑 하나 닦아 세울
날랜 연인아 연인들아

박철

나무, 파라마타 가는 길

파라마타 가는 길가엔 숲이 우거져 있다
나는 가끔 그곳에 가서 쉰다
수령이 500년쯤 되어 보이는 나무 밑에
나는 몸을 뉘어 하늘을 본다
이곳에서 500년이란 그리 큰 숫자가 아니기에
내가 찾는 나무에 눈길 주는 이는 없다
어쩌면 밑동보다 줄기가 굵어진 그 나무가
불안해 보여서 사람들은 가까이하지 않는지 모르겠다
그러나 그들은 모른다
이미 바람에 기울어질 나무는 아니라는 것을
나무의 손끝이 이 땅의 저쪽에 닿아
그가 흔들릴 때 우리 모두가 흔들린다는 것을

슬픔을 주워다 그를 찾는 날이면
나무는 먼저 몸을 비벼 나의 입을 막는다
나뭇잎이 흔들려 울음조차 아름다운
시드니 근교 파라마타 가는 길의
유칼립투스 나무

서정춘

竹篇 1
—여행

여기서부터, ──멀다
칸칸마다 밤이 깊은
푸른 기차를 타고
대꽃이 피는 마을까지
백년이 걸린다

이재무

마음의 짐승

몸의 굴 속 웅크린 짐승
눈뜨네 아직 길들여지지 않은
수성, 몸 밖의, 죄어오는 무형의
오랏줄에 답답한 듯
발버둥치네 그때마다 가까스로
뿌리내린 가계의 나무 휘청거리네
오랜 굶주림 휑한 두 눈의
형형한 살기에 그대가 다치네
두툼한 봉급으로 쓰다듬어도
식솔의 안전으로 얼러보아도
도박, 여자, 술로 달래보아도
오오, 마음의 짐승
세운 갈기 숙이지 않네

이은봉

호박넝쿨을 보며

두엄 구뎅이 뚫고 호박넝쿨 몇 순 담벼락 타고 오른다 가쁜 줄타기 한다 오뉴월 마른 가뭄 뚫고 따가운 햇볕 뚫고

소낙비에 흠씬 몸 적시며 마침내 담벼락 꼭대기에 올라 가부좌를 틀고 내려다보는 호박넝쿨들 장하구나 노랗게 피워 올리는 호박꽃들 뽀얗게 드러내놓는 젖통들 굉장하구나

젖은 몸 털며 발 아래 시원히 굽어보면 호박넝쿨들 시원하구나 와락, 현기증 밀려오기도 하는구나

하지만 여기 담벼락 아래 두엄더미 아래 땅으로만 손 뻗으며 납작 몸 젖히는 놈들도 있구나 아프게 몸 비트는 놈들도 있구나

놈들이 피워 올리는 꽃들 참하게 꺼내어놓는 젖통들, 이라고 어찌 아름답지 않으랴 환하게 빛나지 않으랴.

함민복

서울역 그 식당

그리움이 나를 끌고 식당으로 들어갑니다
그대가 일하는 전부를 보려고 구석에 앉았을 때
어디론가 떠나가는 기적소리 들려오고
내가 들어온 것도 모르는 채 푸른 호수 끌어
정수기에 물 담는 데 열중인 그대
그대 그림자가 지나간 땅마저 사랑한다고
술 취한 고백을 하던 그날 밤처럼
그냥 웃으면서 밥을 놓고 분주히 뒤돌아서는 그대
아침, 뒤주에서 쌀 한 바가지 퍼 나오시던
어머니처럼 아름답다는 생각을 하며
나는 마치 밥 먹으러 온 사람처럼 밥을 먹습니다
나는 마치 밥 먹으러 온 사람처럼 밥을 먹고 나옵니다

신현림

나의 싸움

삶이란 자신을 망치는 것과 싸우는 일이다

망가지지 않기 위해 일을 한다
지상에서 남은 나날을 사랑하기 위해
외로움이 지나쳐
괴로움이 되는 모든 것
마음을 폐가로 만드는 모든 것과 싸운다

슬픔이 지나쳐 독약이 되는 모든 것
가슴을 까맣게 태우는 모든 것
실패와 실패 끝의 치욕과
습자지만큼 나약한 마음과
저승냄새 가득한 우울과 쓸쓸함
줄 위를 걷는 듯한 불안과

지겨운 고통은 어서 꺼지라구!

김혜순

환한 걸레

물동이 인 여자들의 가랑이 아래 눕고 싶다
저 아래 우물에서 동이 가득 물을 이고
언덕을 오르는 여자들의 가랑이 아래 눕고 싶다

땅속에서 싱싱한 영양을 퍼올려
굵은 가지들 작은 줄기들 속으로 젖물을 퍼붓는
여자들 가득 품고 서 있는 저 나무
아래 누워 그 여자들 가랑이 만지고 싶다
짓이겨진 초록 비린내 후욱 풍긴다

가파른 계단을 다 올라
더이상 올라갈 곳 없는
물동이들이 줄기 끝
위태로운 가지에 쏟아 부어진다
허공중에 분홍색 꽃이 한꺼번에 핀다

분홍색 꽃나무 한그루 허공을 닦는다

겨우내 텅 비었던 그곳이 몇 나절 찬찬히 닦인다
물동이 인 여자들이 치켜든
분홍색 대걸레가 환하다

박영근

밤, 꽃

꽃대가리 터뜨려 불을 토하던 대낮을 어이하리

낡은 보안등 아래
땅 밑으로 휘어드는 모가지 간신히 담장에 걸치고 있는
장미철 밤 꽃무더기
파리하게 떨고 있는 그림자

바람도 없구나
꽃잎 있는 대로 휘날려
제 가슴 뜯지도 못하고

이원규

북극성

숲속에 홀로 누운 밤이면
나의 온몸은 나침반
그대 향해 파르르 떠는 바늘

밤새 외눈의 그대 깜빡일 때마다
나의 몸은 팽그르르 돌아
정신이 없다

극과 극의 사랑이여
단 하룻밤만이라도
두꺼비집을 내리고 싶다

천양희

몽산포

마음이 늦게 포구에 가닿는다
언제 내 몸속에 들어와 흔들리는 해송들
바다에 웬 몽산(夢山)이 있냐고 중얼거린다
내가 그 근처에 머물 때는
세상을 가리켜 푸르다 하였으나
기억은 왜 기억만큼 믿을 것이 없게 하고
꿈은 또 왜 꿈으로만 끝나는가
여기까지 와서 나는 다시 몽롱해진다
생각은 때로 해변의 구석까지 붙잡기도 하고
하류로 가는 길을 지우기도 하지만
살아 있어, 깊은 물소리 듣지 못한다면
어떤 생(生)이 저 파도를 밀어가겠는가
헐렁해진 해안선이 나를 당긴다
두근거리며 나는 수평선 쪽으로 발길을 돌린다
부풀었던 돛들, 붉은 게들 밀물처럼 빠져나가고
이제 몽산은 없다. 없으므로
갯벌조차 천천히 발자욱을 거둔다.

이상국

禪林院址에 가서

禪林으로 가는 길은 멀다
미천골 물소리 엄하다고
초입부터 허리 구부리고 선 나무들 따라
마음의 오랜 폐허를 지나가면
거기에 정말 선림이 있는지

영덕, 서림만 지나도 벌써 세상은 보이지 않는데
닭죽지 비틀어 쥐고 양양장 버스 기다리는
파마머리 촌부들은 선림 쪽에서 나오네
천년이 가고 다시 남은 세월이
몇번이나 세상을 뒤엎었음에도
흐르는 물에 발을 담근 농가 몇채는
아직 面山하고 용맹정진하는구나

좋다야, 이 아름다운 물감 같은 가을에
어지러운 나라와 마음 하나 나뭇가지에 걸어놓고
소처럼 선림에 눕다

절 이름에 깔려 죽은 말들의 혼인지 꽃들이 지천인데
經典이 무거웠던가 중동이 부러진 비석 하나가
불편한 몸으로 햇빛을 가려준다

어디로 가는지도 모르고
여기까지 오는데 마흔아홉 해가 걸렸구나
선승들도 그랬을 것이다
남설악이 다 들어가고도 남는 그리움 때문에
이 큰 잣나무 밑동에 기대어 서캐를 잡듯 마음을 죽이거
나
저 물소리 서러워 용두질을 했을지도 모른다
그러나 슬픔엔들 등급이 없으랴

말이 많았구나 돌아가자
여기서 백날을 뒹군들 니 마음이 절간이라고
선림은 등을 떼밀며 문을 닫는데
깨어진 浮屠에서 떨어지는

뼛가루 같은 햇살이나 몇됫박 얻어 쓰고
나는 저 세간의 武林으로 돌아가네

윤중호

靑山을 부른다 10

물끄러미 세상을 바라본다.
지아비의 애틋한 인연도 때로는
겨울 나뭇잎처럼 털고 싶은 것
산이 나뭇잎을 지우고
겨울 바람에 몸뚱이를 내맡기듯
벗어버린 세상의 질긴 모습들이 슬프다.
산을 비추며 흐르는
겨울강을 본다. 강에 새겨진 산을 보고
눈 들어 다시 세상을 바라본다.
靑山은 아름다운가?

박주택

아이들이 부르는 노래

아버지의 입에서는 구린내가 나지
말의 상자 속에는 하얀 알들이 고물거리고
상자의 상자 속에는 악어의 이빨
가는귀가 먹었는지 칼을 꽂이라 하고
개코 같은 코로도 자기의 입내는 맡지 못하지
아버지 사랑은 소녀의 음부
보슬보슬한 털 속에서 쩝쩝 깨어나
내게는 다리를 모으라고 가르친다네

이문재

마음의 오지

탱탱한 종소리 따라나가던
여린 종소리 되돌아와
종 아래 항아리로 들어간다
저 옅은 고임이 있어
다음날 종소리 눈뜨리라
종 밑에 묻힌 저 독이 큰 종
종소리 그래서 그윽할 터

그림자 길어져 지구 너머로 떨어지다가
일순 어둠이 된다
초승달 아래 나 혼자 남아
내 안을 들여다보는데
마음 밖으로 나간 마음들
돌아오지 않는다
내 안의 또다른 나였던 마음들
아침은 멀리 있고

나는 내가 그립다

김진경

그애의 백제 미륵반가사유

이제 여중학교짜리 애가
남자애와 살림을 차렸는지
찾아간 산동네
단칸방 앞에서 불러도 대답은 없고
방문을 여니
희미하게 비쳐드는 햇빛 속
옷궤짝 위에 턱을 괴고 멍하니 앉아 있다
슬퍼하는 겐지
무슨 비밀스러운 걸 알았다는 겐지
빙긋이 웃는
솜털이 보송보송한 그애의 눈빛이 깊어
그냥 방문을 닫다

최영철

백일홍

구차하게 따르지도
구차하게 침묵하지도 않으려고
같이 낯붉히고 가는 덕천강

늦게 피고 빨리 지는 꽃잎 따라
점점이 물드는 늦은 햇살의 홍조
먼저 간 마음 따라 남으로 와서
여린 꽃잎 다 주고
홀가분한 몸을 강물에 마저 비추며
네가 붉어지니 나도 따라 붉어지네

묵언 정진 붙박여 엿보고 있는
가지의 짧은 기억들
수천년 윤회가 부서져 흙이 된
떨어진 잎새 향기로 한 백 일쯤 피어
제 갈 길 먼저 가는 강을 보는
나무의 면벽.

송찬호

동백이 활짝,

마침내 사자가 솟구쳐 올라
꽃을 활짝 피웠다
허공으로의 네 발
허공에서의 붉은 갈기

나는 어서 문장을 완성해야만 한다
바람이 저 동백꽃을 베어물고
땅으로 뛰어내리기 전에

정복여

귀가

등에 업힌 아이가 나를 보고 있다
올이 굵은 오렌지색 스웨터에 한쪽 볼을 짓이긴 채,
아이의 깊은 눈동자가 내 몸에 와 박힌다
잠시 흔들리던 내 동자는 미세한 힘으로 저항하다가
곧 풀이 죽어 눈이 시리다
아이의 검은 동공이 내 온몸으로 퍼져나간다
나는 지금 저 아이에게 꼼짝할 수 없다
얼마 후 아이는 검은 눈동자의 포박을 풀어주면서
만족스레 엄지손가락을 빨고 있다
내게서 무엇을 가져간 것일까
그동안 버스에는 몇몇의 사람들이 내리고
다시 몇몇의 사람들이 올라탔다

나는 어깨에 멘 가방을 앞으로 당겨
아무도 모르게
남은 내 시간을 더듬어본다

창비시선 200 기념시선집을 엮으며

신경림

1

요즘 시집의 판매가 급격히 줄어들었다면서 관계자들이 시의 앞날을 걱정하고 있지만, '창비시선'이 처음 나오던 1970년대 중엽에도 시의 환경이 지금보다 조금도 나을 것이 없었다. 1973년 무렵에 나온 '작고시인선'(정음사)의 편자 김현승 시인은 서문에서 "오늘날 시는 일반 대중들로부터 완전히 외면을 받고 있다. 시집을 사는 사람도 없으려니와 시를 읽으려는 사람조차 별로 없는 듯하다"고 탄식했을 정도다. 당시 시집의 상업출판이란 존재하지 않아, 아마도 미당과 청록파 및 그밖의 몇 시인을 제외하고는 인세를 받고 시집을 낸다는 것은 생각조차 못했을 것이다. 실제로 창비시선 첫권으로 나온 내 시집 『농무(農舞)』도 본디는 자비로 500부 냈던 것을 증보한 것으로, 그 시집에서 내가 인세를 받았다고 믿는 사람은 아무도 없었다. 말하자면 창비시선은 앞서거니 뒤서거니 나오기 시작한 '문학과지성 시인선' 및 민음사의 '오늘의 시인선'과 함께 시집의 상업출판 시대를 열었다고 말할 수 있을 것이다.

더 중요한 것은 창비시선의 출범이 우리 시가 사회성을 복원하는 계기를 만들었다는 점이다. 애초에 사회성을 전혀 가지고 있지 않은 것은 아니었지만, 해방 직후 5년의 혼란과 6·25라는 대재난을 겪은 우리 시는 질리기도 하고 겁도 나서 아예 사회성 같은 데는 눈을 감고 있었던 터다. 4·19와 5·16 이후, 시인들이 우리 사회의 부조리와 만연한 부정부패에 침묵하는 것은 죄악이 아닌가, 또는 시는 우리들 삶의 수준을 높이는 데 일정 부분 기여해야 한다는 등의 주장이 김수영·신동엽·박봉우·신동문 등에 의해서 제기되지 않은 것은 아니다. 하지만 산발적이어서 별로 귀담아듣는 사람이 없었는데 창비시선이 그것을 큰 흐름으로 만들어놓은 것이다. 여기에는 유신체제라는 변수의 작용이 적지 않았다. 종말이 보이지 않는 군사독재의 무자비한 인권탄압과 절망적인 부정부패의 늪에서 사람들은 시로부터 구원의 메시지를 읽기 바랐다. 사람이란 어차피 더불어 살게 되어 있다는 점, 더불어 사는 가운데 생겨난 말을 제재로 하는 이상 시가 사회성을 외면할 수는 없다는 점 등이 다시 강조되면서 창비시선은 소박한 생활의 시로부터 농민의 아픔을 노래한 시, 정치적 주장을 담은 시, 체제 변혁을 노래한 시 등 사회성의 시를 아우르면서 우리 시의 왜곡된 부분을 바로잡고 더 높은 단계로 도약하는 계기를 만들었다. 더욱이 사회적 요구에 따라 독재정권과의 싸움이 사회시의 중요한 화두가 되면서 우리 시가 민주화운동에 기여하는 영예와 고통을 경험하기도 했다.

이 과정에서 가지게 된 이념성 때문에 초기 창비시선의 몇 시집들은 이름만 가리면 작자를 알 수 없는 비슷비슷한 시집들이라고 핀잔을 받기도 했다. 그러나 이 핀잔은 일견 비슷하면서도 더 큰 데서는 서로 다른 정서와 리듬을 갖고 있는 점을 간과한 잘못된 읽기에 따른 것일 뿐이었다. 생각건대 그때의 가장 중요한 화두는 시와 실천, 또는 행동의 문제가 아니었나 싶다. 창비시선에 참여한 여러 시인들은 시는 곧 실천 또는 행동이라고 생각하고 있었지만 또 여러 시인들은 바로 그럴 수 없는 데 괴로워했던 것 같다. 나가자 하고 단호하게 외치는 목소리가 있는가 하면 그렇게 나갈 수 없는 자신의 모습을 안타까워하는 목소리가 있었다. 시작(詩作)은 사회적 요청에 대한 응답이라는 마야꼬프스끼적 주장이 있는가 하면 시인은 열정가 그 자체가 아니라 열정을 동경하는 사람에 지나지 않는다는 니체적 발상도 있었다. 결국 이 확신과 회의가 상호 교차하면서 만들어놓은 한국시의 일대 경관을 초기 창비시선은 보여준다고 자부할 수 있다.

"詩三百 一言以蔽之 曰 思無邪"(『論語』 爲政篇)라고 『시경(詩經)』의 시의 요체를 한마디로 요약한 공자의 말은 흔히 시를 논할 때 듣게 되는 터이지만, 사무사(思無邪)의 순박·진실·천진난만의 뉘앙스가 7,80년대의 사회시에서는 정의감·민족애·비판정신 등으로 나타나지 않았나 싶다. 통일에의 열망 없이 어찌 시를 쓰는가, 노동자 농민의 아픔을 모르는 자는 시인이라 할 수 없다, 사회현실을 고발하는 용기를 가지지 못한 시는 시가 아니다라는 등의 주장은 시대적 요청과 무관한 것이 아니요 또 타당한 면도 가지고 있지만, 거꾸로 그런 것만 내용으로 갖추고 있으면 다 시가 되는 것 같은 시학을 만연시킨 잘못도 저질렀다. 창비시선에도 이런 잘못이 부분적으로 엿보이는데, 이는 시정신이라는 부분에 지나치게 무게를 둔 결과가 아니었는가 싶다. 물론 시는 진실·정직·성실해야 하며 이것은 정의감·민족애·비판정신과 궤를 같이하는 것이다. 그러나 이 정신을 시로 승화시키는 데는 고도의 기예와 지성이 필요하다. 시인은 어린이와 같은 마음을 가져야 한다고 하지만 어린이와 같은 마음은 높은 언어감각에 의해서 비로소 시로 될 수 있는 것이 아닐까. 시법도 시정신만큼이나 중요하다는 얘기로서, 시인이란 말장난꾼이란 소리를 한 사람도 있지만 말장난을 할 줄 모르는 저능한 시인을 어찌 시인이라 할 수 있으랴. 진실한 정신을 갖지 못한 불성실한 시인은 사이비라는 점을 전제하고서다.

최근 창비시선에서는 이 둘, 시정신과 시법을 조화시키려는 노력의 흔적이 역력하며, 상당히 성공하고 있다. 그러나 시법을 강조해 그쪽에 경도된 대목도 없지 않으니, 시정신은 실종된 채 말장난으로 시종하는 시가 창비시선에도 없지 않았다. 시가 한없이 가벼워지고 한없이 잔망스러워지는 전체 시단의 흐름에서 창비시 또한 비켜 서 있을 수가 없었던 것이다. 여기에는 권위주의 정권의 패퇴와 사회주의의 몰락이 가져다준 정신적 황폐와 허무주의, 그리고 인터넷 등 매체의 급격한 발달과 변화의 탓이 크다. 7,80년대의 경직된 시정신에 대한 반발도 있을 터이다. 그러나 시예술은 아이 같고 장난스러울 수 있겠으나 시정신은 유희일 수가 없으리라. 시를 통해서 진실을 말하지 못한다면 참된 시인일 수 없다는 사실만은 변하지 않는다는 뜻이다. 시가 산문만큼 많은 독자를 가지고 있지 못하면서도 문학의 정수로 인정받을 수 있는 까닭이 바로 여기에 있지 않을까. 최근 창비시선을 보면서 시는 산문이 끝나는 곳에서 시작되는 말의 기교에 앞서 산문이 있기 이전의 시정신을 가지고 있어야 할 것이라는 사실을 다시 한번 깨닫는 것은 나만이 아닐 것이다. 청대(淸代)의 비평가 기윤(紀昀)이 두보(杜甫)의 「춘망(春望)」을 시문학상 가장 뛰어난 시의 하나라고 격찬하면서 "시가 소박하면서도 진실하여 꾸며진 흔적이란 전혀 찾아볼 수가 없이 극히 자연스럽다"라고 한 말은 시정신과 시법의 조화를 말한 것으로 최근 창비시선을 얘기하면서 상기할 필요가 있는 말일 것 같다.

2

시집의 판매가 수년 사이 급격히 줄어들고 있다고 하지만 그래도 우리나라에서는 시가 대접을 받는 편이다. 얼마 전 남북정상회담과 이산가족 상봉 때는 일간지마다 거의 축시를 실었다. 뿐만 아니라 해마다 새해가 되면 축시를 싣는 신문이 많으며, 시를 매일처럼 싣는 일간지도 있다. 종합잡지나 기업의 홍보지도 시를 배제하는 경우가 드물다. 또 한 통계

는 1년에 발행되는 시집이 1500권에 이른다고 말하고 있으며
(이 중 대부분이 자비출판이지만), 10만부에 육박하는 베스
트셀러 시집도 심심치 않게 나온다. 각종 시창작 강좌에도
끊임없이 사람들이 모이고, 여름이면 빠짐없이 해변이나 산
속에서 각종 시인학교들이 열린다. 이런 나라가 지구상에 또
있을까. 이것들을 자본주의가 완성되지 않은 나라에서만 있
는 기현상이라고 말하기도 하고(남미의 칠레나 콜롬비아도
같다고 한다) 우리나라가 전통적으로 시를 존중해왔다는 점
을 들어 설명하기도 하지만, 적어도 시가 값있는 것이란 점
은 누구나 인정하고 있다는 사실을 말해주는 것만은 분명하
다. 종종 영화평론가들이 텔레비전에 나와 영화의 멋진 장면
을 소개하면서 '시적'이라고 말하는 것도 같은 맥락에서 이해
된다. 말하자면 시란 좋은 것, 훌륭한 것이란 점에 우리나라
사람들은 대체로 동의하고 있다고 말할 수 있을 것이다.

그렇다면 이런 현상에 상응할 만큼 우리나라에 시 독자도
많을까. 나는 그렇지 않다고 생각한다. 시가 나쁜 것은 아니
라고 알지만 실제로 시를 찾아 읽는 독자는 극소수일 것이라
는 것이 내 생각이다. 가령 문학 전공의 대학생 백명을 상대
로 설문조사를 했다고 가정해보자. 아마 시집을 사서 읽는다
는 학생은 두셋에 지나지 않을 터요, 신문이나 잡지에 실리
는 시를 읽는다는 학생도 열을 넘지 못할 것이다. 나머지는
시가 좋은 것이라고 알면서도 재미가 없어서, 별 감동을 받
지 못해서, 어려워서 등의 이유로 시를 가까이하지 않는 학
생들일 것이다. 베스트셀러 시집의 경우도 마찬가지이다. 정

말 그 시집이 좋아 사서 읽었다는 사람은 두세 명에 지나지 않을 것이다. 시인의 삶에 관심이 끌려서, 매스컴을 통해 본 시인의 생애가 매력적이어서, 또는 영화에서 보았기 때문에 사서 읽었다는 독자가 대부분일 것이다. 사기는 했지만 다 읽지 않았다는 독자가 더 많을지도 모른다. 이는 시집의 경우 거품 독자가 많다는 사실을 말해준다. 사회적 성격이 짙은 시집의 경우도 마찬가지요, 70년대 이후 시집 출판의 상업적 성공은 여기에 덕본 바도 적지 않을 터이다. 따라서 시집의 판매가 급격히 줄어드는 것은 어쩌면 이 거품 독자가 빠지고 있는 자연스러운 현상인지도 모른다.

그렇다면 시가 위기에 처했다는 탄식은 허풍이요 엄살이란 말인가. 결코 그렇게 생각하지는 않는다. 분명 지금 시는 위기에 처해 있지만, 그것은 시집의 판매가 줄고 거품 독자가 사라지는 데 주원인이 있지 않다. 창비시선이 시작되던 70년대, 또 그것이 계속되던 80년대에 비해 시의 진짜 독자가 줄어들고 있다는 것이 문제다. 그리고 그것은 사회주의의 몰락에 따른 이념의 상실과 인터넷이라는 새로운 매체의 개발과 깊은 관련이 있다. 사회주의의 몰락은 역사허무주의를 만연시켰으며, 인터넷은 사람들을 가볍고 쉽게 생각하는 유형으로 바꾸어놓았다. 사람들은 깊이 생각하기를 피하게 되었으며, 자연히 시로부터 멀어졌다. 한편 인터넷은 시가 가진 그 어떤 좋은 것을 빼앗아간 측면도 있다. 말하자면 사람들은 시가 가진 그 어떤 좋은 것을 어려운 시로부터가 아니라 가볍고 쉬운 인터넷을 통해서 얻게 된 것이다. 새로운 매체가 개발될 때마다 이런 현상이 일어났으니 인쇄매체가 개발되면서는 산문에, 영상매체가 개발되면서는 영화와 텔레비전에 시는 항상 자기가 가진 좋은 것을 빼앗겨왔던 터이다.

문제는 이런 현상을 제쳐두고 시집이 안 팔리는 데 안달을 하고 거품 독자가 떠나는 데 발을 동동 구른다는 것이다. 이들을 잡겠다고 짙게 화장을 하고 아무리 교태를 부려도 이들은 뒤돌아보지 않을 것이다. 왜냐하면 이들은 당초 시를 사랑한 사람들이 아니었기 때문이다. 이런 행태는 오히려 진짜로 시를 사랑하는 사람들의 눈살을 찌푸리게 해 그들조차 시에 넌덜머리를 내게 할 우려도 없지 않다. 이 점, 독자를 거의 의식하지 않고 시를 써온 순수시보다 이른바 사회시가 한술 더 뜨는 것은 주목할 대목이다. 시작(詩作)이란 본질적으로 그 시대의 사회적 요청에 의한 것이라는 명분이 강했던 7,80년대의 사회시 일부에 대중추수적·대중영합적 경향이 짙지 않았나 하는 혐의를 갖게 하는 까닭이다.

역시 시는 위기에 처해 있다. 어쩌면 미국이나 일본처럼 극히 제한된 독자를 대상으로 하는 보부상의 수준으로 전락할는지도 모른다. 그러나 사람들이 시란 좋은 것, 훌륭한 것이란 생각을 가지고 있는 한 시가 예술형태의 최고 수준을 규범한다는 사실만은 쉽게 달라지지 않을 것이다. 또 비록 소수를 상대로 하지만 그 대화가 산문이나 영화나 인터넷이 가지지 못한 진실과 힘을 갖는다면 시는 존재할 만한 충분한 가치를 인정받게 될 것이다. 물론 시대에 따라 시도 바뀌게 마련이다. 창비시선 200권을 돌아보면서 바로 지금이야말로 시가 달라져야 할 시대라는 사실을 깨닫지 못한다면 치열한 시정신을 가진 사람이라고 말하기 어렵다. 그러나 달라진다는 것은 변화한 시대의 참 아름다움을 창조하고 진실을 말한다는 것이지 대중에게 영합함을 뜻하지는 않을 것이다. 시의 시대는 지났다고 호들갑을 떨면서 대중의 입맛에 맞추어 아무 소리나 떠드는 행위야말로 시의 위기를 더 적극적으로 자초하는 일일지도 모른다.

3

창비시선 200번을 기념하는 이 앤솔러지는 창비시선의 시를 포함해 70년대 이후 우리 시의 흐름을 볼 수 있는 그밖의 시들도 폭넓게 실었다. 시의 배열은 시가 수록된 시집의 출간순으로 하였다. 객관적인 기준에 의하기보다는 엮은이 개인의 취향에 따랐으므로 뛰어난 시가 빠진 경우도 없지 않을 것이다. 또 엮은이 스스로 뛰어난 시로 인정하면서도 시의 흐름에서 조금 비켜나 있어 제외한 경우도 있다. 이런 분들에게 누가 되지 않았으면 한다.

작품 출전

고 은 「문의(文義)마을에 가서」, 『문의마을에 가서』, 민음사 1974.

신경림 「罷場」, 『농무』, 월간문학사 1973(창작과비평사 1975).

이성부 「봄」, 『우리들의 양식』, 민음사 1974.

강은교 「풀잎」, 『풀잎』, 민음사 1974.

황동규 「조그만 사랑노래」, 『三南에 내리는 눈』, 민음사 1975.

조태일 「國土 序詩」, 『국토』, 창작과비평사 1975.

황명걸 「韓國의 아이」, 『한국의 아이』, 창작과비평사 1976.

최하림 「겨울의 사랑」, 『우리들을 위하여』, 창작과비평사 1976.

민 영 「별빛」, 『용인 지나는 길에』, 창작과비평사 1977.

정진규 「여물어 벙그는 알밤처럼」, 『들판의 비인 집이로다』, 교학사 1977.

김준태 「참깨를 털면서」, 『참깨를 털면서』, 창작과비평사 1977.

정현종 「파랗게, 땅 전체를」, 『나는 별아저씨』, 문학과지성사 1978.

정희성 「이곳에 살기 위하여」, 『저문 강에 삽을 씻고』, 창작과비평사 1978.

홍신선 「秋夕날」, 『겨울섬』, 평민사 1979.

김명인 「東豆川 I」, 『동두천』, 문학과지성사 1979.

김광규 「어린 게의 죽음」, 『우리를 적시는 마지막 꿈』, 문학과지성사 1979.

마종기 「바람의 말」, 『안 보이는 사랑의 나라』, 문학과지성사 1980.

양성우 「靑山이 소리쳐 부르거든」, 『북치는 앉은뱅이』, 창작과비평사 1980.

이동순 「서홍김씨 內簡」, 『개밥풀』, 창작과비평사 1980.

김명수 「月蝕」, 『월식』, 민음사 1980.

이근배 「냉이꽃」, 『노래여 노래여』, 문학세계사 1981.

문병란 「織女에게」, 『땅의 연가』, 창작과비평사 1981.

오규원 「마음이 가난한 者」, 『이 땅에 씌어지는 서정시』, 문학과지성사 1981.

하종오 「벼는 벼끼리 피는 피끼리」, 『벼는 벼끼리 피는 피끼리』, 창작과비평사 1981.

최승자 「이 時代의 사랑」, 『이 시대의 사랑』, 문학과지성사 1981.

오세영 「질그릇」, 『가장 어두운 날 저녁에』, 문학사상사 1982.

김지하 「타는 목마름으로」, 『타는 목마름으로』, 창작과비평사 1982.

정호승 「맹인 부부 가수」, 『서울의 예수』, 민음사 1982.

김정환 「철길」, 『지울 수 없는 노래』, 창작과비평사 1982.

최승호 「北魚」, 『대설주의보』, 민음사 1983.

황지우 「새들도 세상을 뜨는구나」, 『새들도 세상을 뜨는구나』, 문학과지성사 1983.

곽재구 「沙平驛에서」, 『사평역에서』, 창작과비평사 1983.

최두석 「대꽃 7」, 『대꽃』, 문학과지성사 1984.

박노해 「시다의 꿈」, 『노동의 새벽』, 풀빛 1984.

김용택 「섬진강 5」, 『섬진강』, 창작과비평사 1985.

이시영 「밤」, 『바람 속으로』, 창작과비평사 1986.

나태주 「하물며」, 『목숨의 비늘 하나』, 영언문화사 1986.

이성복 「남해 금산」, 『남해 금산』, 문학과지성사 1986.

노향림 「꿈」, 『눈이 오지 않는 나라』, 문학사상사 1987.

송수권 「시골길 또는 술통」, 『우리나라 풀이름 외기』, 문학사상사 1987.

김사인 「밤에 쓰는 편지 3」, 『밤에 쓰는 편지』, 청사 1987.

윤재철 「담쟁이」, 『아메리카 들소』, 청사 1987.

김용락 「푸른 별」, 『푸른 별』, 창작과비평사 1987.

김남주 「학살 1」, 『나의 칼 나의 피』, 실천문학사 1988.

박남철 「겨울강」, 『반시대적 고찰』, 흔겨레 1988.

백무산 「노동의 밥」, 『만국의 노동자여』, 청사 1988.

이성선 「나무」, 『새벽 꽃향기』, 문학사상사 1989.

기형도 「빈집」, 『입 속의 검은 잎』, 문학과지성사 1989.

서홍관 「등화관제」, 『어여쁜 꽃씨 하나』, 창작과비평사 1989.

박라연 「서울에 사는 평강공주」, 『서울에 사는 평강공주』, 문학과지성사 1990.

조정권 「山頂墓地 5」, 『산정묘지』, 민음사 1991.

고정희 「아우슈비츠 1」, 『뱀사골에서 쓴 편지』, 미래사 1991.

장석남 「그리운 시냇가」, 『새떼들에게로의 망명』, 문학과지성사 1991.

유 하 「바람부는 날이면 압구정동에 가야 한다 1」, 『바람부는 날이면 압구정동에 가야 한다』, 문학과지성사 1991.

김기택 「태아의 잠 1」, 『태아의 잠』, 문학과지성사 1991.

임영조 「갈대는 배후가 없다」, 『갈대는 배후가 없다』, 세계사 1992.

허수경 「울고 있는 가수」, 『혼자 가는 먼 집』, 문학과지성사 1992.

심호택 「하늘밥도둑」, 『하늘밥도둑』, 창작과비평사 1992.

고형렬 「사랑」, 『사진리 대설』, 창작과비평사 1993.

도종환 「우기」, 『당신은 누구십니까』, 창작과비평사 1993.

강형철 「사랑을 위한 각서 8」, 『야트막한 사랑』, 푸른숲 1993.

김윤배 「강물은, 변절도 아름답다」, 『굴욕은 아름답다』, 문학과지성사 1994.

안도현 「너에게 묻는다」, 『외롭고 높고 쓸쓸한』, 문학동네 1994.

나희덕 「찬비 내리고」, 『그 말이 잎을 물들였다』, 창작과비평사 1994.

이진명 「넓은 나뭇잎」, 『집에 돌아갈 날짜를 세어보다』, 문학과지성사 1994.

박형준 「어머니」, 『나는 이제 소멸에 대해서 이야기하련다』, 문학과지성사 1994.

최영미 「선운사에서」, 『서른, 잔치는 끝났다』, 창작과비평사 1994.

이가림 「석류」, 『순간의 거울』, 창작과비평사 1995.

이영진 「5월은 내게」, 『숲은 어린 짐승들을 기른다』, 창작과비평사 1995.

고재종 「날랜 사랑」, 『날랜 사랑』, 창작과비평사 1995.

박 철 「나무, 파라마타 가는 길」, 『새의 전부』, 문학동네 1995.

서정춘 「竹篇 1」, 『죽편』, 동학사 1996.

이재무 「마음의 짐승」, 『몸에 피는 꽃』, 창작과비평사 1996.

이은봉 「호박넝쿨을 보며」, 『무엇이 너를 키우니』, 실천문학사 1996.

함민복 「서울역 그 식당」, 『모든 경계에는 꽃이 핀다』, 창작과비평사 1996.

신현림 「나의 싸움」, 『세기말 블루스』, 창작과비평사 1996.

김혜순 「환한 걸레」, 『불쌍한 사랑 기계』, 문학과지성사 1997.

박영근 「밤, 꽃」, 『지금도 그 별은 눈뜨는가』, 창작과비평사 1997.

이원규 「북극성」, 『돌아보면 그가 있다』, 창작과비평사 1997.

천양희 「몽산포」, 『오래된 골목』, 창작과비평사 1998.

이상국 「禪林院址에 가서」, 『집은 아직 따뜻하다』, 창작과비평사 1998.

윤중호 「靑山을 부른다 10」, 『청산을 부른다』, 실천문학사 1998.

박주택 「아이들이 부르는 노래」, 『사막의 별 아래에서』, 세계사 1999.

이문재 「마음의 오지」, 『마음의 오지』, 문학동네 1999.

김진경 「그애의 백제 미륵반가사유」, 『슬픔의 힘』, 문학동네 2000.

최영철 「백일홍」, 『일광욕하는 가구』, 문학과지성사 2000.

송찬호 「동백이 활짝,」, 『붉은 눈, 동백』, 문학과지성사 2000.

정복여 「귀가」, 『먼지는 무슨 힘으로 뭉쳐지나』, 창작과비평사 2000.

창비시선 200

불은 언제나 되살아난다

초판 1쇄 발행 / 2000년 9월 30일
초판 21쇄 발행 / 2024년 6월 26일

지은이 / 신경림
펴낸이 / 염종선
편집 / 고형렬 김성은 염종선
펴낸곳 / (주)창비
등록 / 1986년 8월 5일 제85호
주소 / 10881 경기도 파주시 회동길 184
전화 / 031-955-3333
팩시밀리 / 영업 031-955-3399 편집 031-955-3400
홈페이지 / www.changbi.com
전자우편 / lit@changbi.com

ⓒ 신경림 2000
ISBN 978-89-364-2200-4 03810